Elias Nord
Der Kreis aus Stoff
Eine Geschichte aus der Nacht der Ideen

AF210872

Elias Nord

Der Kreis aus Stoff

Eine Geschichte aus der Nacht der Ideen

Für alle, die zuhören, bevor sie urteilen.
Und für jene, die sich erinnern, wenn andere vergessen.

Bibliografische Information der Deutschen Nationalbibliothek: Die Deutsche Nationalbibliothek verzeichnet diese Publikation in der Deutschen Nationalbibliografie; detaillierte bibliografische Daten sind im Internet über http://dnb.dnb.de abrufbar.

Lektorat & Korrektorat: mit Unterstützung durch KI

Verlag: BoD · Books on Demand GmbH, Überseering 33, 22297 Hamburg, bod@bod.de

Druck: Libri Plureos GmbH, Friedensallee 273, 22763 Hamburg

ISBN: 978-3-8192-1089-1

Inhaltsverzeichnis

*F*ür meine Familie -

und für all jene die mich geprägt haben

KAPITEL 1: DIE TÄGLICHE WAHL

Wenn das erste Licht durch den Vorhang schlich und der Schrank noch ganz in Schatten lag, begann das Flüstern.

Ein Rascheln, ein Recken, ein kollektives Zurechtrücken. Stoffaugen blitzten auf, Knöpfe glänzten, Schleifen wurden glattgezogen.

Dies war ihre Welt. Ihr Ritual. Ihr Morgen.

„Heute bin ich dran", sagte Bodo mit sonorer Stimme. Er saß ganz vorn, wie ein König auf seinem Thron. Groß, fest gebaut, mit weichem Fell in sanftem Braun – seine rote Schleife war leicht ausgefranst, aber das trug er mit Stolz. Er war einer der Ersten. Und einer der Wichtigsten. Zumindest dachte er das.

„Dein Tag war vorgestern. Und gestern. Und... vorgestern", knurrte Rumpel. Ein zerzauster, grüner Stoffdrache mit abgeblätterten Glitzerschuppen und einem geflickten Flügel. Er lag halb eingerollt in der zweiten Reihe und blickte mürrisch nach vorne.

„Ihr streitet schon wieder", seufzte Lulu, das Einhorn. Ihr weißer Körper war weich und etwas verblichen, das Horn aus Silberstoff hatte eine Falte vom ewigen Anlehnen. Sie hatte etwas Entrücktes – als wäre sie immer halb woanders.

„Vielleicht wählt sie heute gar keinen von euch."

„Oh bitte", stöhnte Mina, während sie ihr Kleid zurecht-tupfte.

Makellos, wie immer – hellrosa mit weißer Spitze. Ihre Haare waren gebürstet, ihr Gesicht tadellos.

„Sie braucht doch jemanden mit Stil. Nicht mit Staub."

„Sie braucht Effizienz", klang es metallisch von links.

Tock, der silberne Roboterhund, hatte sich millimetergenau aufgerichtet. Sein Display blinkte kurz auf: *BEREIT*.

„Ich kann bellen, wedeln und in 3,6 Sekunden Emotionen si-mulieren. Das reicht."

Ein leises, kaum hörbares Wispern durchzog den Schrank.

Wie Wind, der sich verirrt hatte. Oder ein kaum wahrnehmba-res Zittern.

Niemand reagierte. Niemand erwähnte es.

Die Figuren rückten sich zurecht. Ein wenig näher zur Tür. Ein wenig aufrechter. Denn das war das Spiel. Das tägli-che Spiel. Das immer gleich war.

Wer gesehen werden wollte, musste glänzen.

Wer glänzte, wurde gewählt.

Ein Klicken.

Die Schranktür öffnete sich einen Spaltbreit. Licht flutete herein wie ein Atemzug.

Alle sahen nur eines: den Schatten der Hand.

Die Finger, die näher kamen.

Bodo spannte sich auf. Tock piepste leise. Mina lächelte geübt.

Dann – die Berührung.

Und wieder war es Bodo.

Watteherzen sanken. Schultern aus Stoff sanken noch tiefer.

Die Tür schloss sich.

Die Welt im Schrank fiel zurück in ihr gewohntes Muster.

Nur das Wispern war geblieben.

Leise.

Hartnäckig.

KAPITEL 2: DER KÖNIG KEHRT ZURÜCK

Die Tür schloss sich mit einem gedämpften Klicken.

Draußen verklang das Tapsen von kleinen Schritten.

Drinnen herrschte für einen Moment nur Stille.

Dann: ein Poltern. Bodo richtete sich auf, polierte seine Schleife – und schwieg. Er saß dort, aufrecht, mächtig, stolz.

Er streckte sich, räusperte sich und sah sich um. „Sie hat mich gewählt", sagte er mit tiefer Stimme. „Sie hat mich den ganzen Nachmittag nicht aus der Hand gelegt."

Ein leises Raunen ging durch die Reihe. Niemand widersprach, aber niemand applaudierte.

Mina, das Einhorn mit dem glitzernden Fell, schüttelte kaum merklich den Kopf.

Rumpel, ein zotteliger Drache, verdrehte die Knopfaugen.

„War ja klar", murmelte Tock, der Roboter mit der digitalen Brustanzeige. „Wahrscheinlichkeit lag bei 67 %."

Nach und nach wandten sich die anderen ab. Rumpel murmelte noch etwas, Lulu seufzte, Tock begann wieder zu rechnen.

Nur Bodo blieb reglos.

Dann kamen die Fragen. Leise zuerst, fast ehrfürchtig:

„Wie war es?"

„Was hat sie gemacht?"

„Hat sie gelacht?"

Bodo sah sie an. Ein Moment lang schwieg er. Dann schüttelte er nur langsam den Kopf. „Das ist mein Moment", sagte er.

Nicht laut. Aber deutlich. Er wollte es nicht teilen.

Nicht das Kichern, nicht das Stolpern, nicht die Wärme ihrer Hand. Er wollte, dass es nur ihm gehörte.

Und während die anderen verstummten, fühlte er etwas, das ganz eigen war.

Nicht Freude. Nicht Stolz. Etwas Tieferes.

Eine Art Befriedigung.

Nicht, weil er es erlebt hatte – sondern weil nur er es erlebt hatte.

Er war der König.

Nicht nur, weil er gewählt wurde – sondern weil er allein zurückkehrte mit dem Schatz der Erinnerung.

Und keiner durfte hineinsehen.

KAPITEL 3: IN DER NACHT

Die anderen ruhten bereits.

Ein leises, atmendes Schweigen erfüllte den Schrank. Kein Zucken, kein Flüstern, kein Glänzen mehr. Nur Bodo war noch wach.

Er saß da, in der Dunkelheit, und obwohl sein Platz weich war, fühlte sich alles in ihm kantig an.

Denn was er niemandem sagen konnte, war dies:

Ja, er war wieder gewählt worden.

Ja, sie hatte ihn gehalten – ganz fest.

Aber sie hatte auch an seinem Ohr gezogen, ihn auf den Boden geworfen, auf ihn gesabbert, ihn unter den Arm geklemmt, als sei er nichts als Stoff.

Er war ein Ding. Ein Objekt. Ein Mittel.

Und er wusste das.

Aber dann gab es diese Sekunden.

Diese ganz kurzen, fast heiligen Augenblicke – in denen das Mädchen nicht einfach mit ihm spielte, sondern bei ihm war.

Ganz nah. Als wären sie zwei Wesen mit einem einzigen Herzschlag. Als hätte sie ihn angesehen, nicht als Bär, sondern als Bodo.

Diese Momente waren selten. Zart. Zufällig.

Aber sie waren echt.

Und für dieses kleine Leuchten inmitten der Benutzung – dafür nahm er alles andere in Kauf.

Er würde es niemals zugeben. Würde niemals sagen, dass er sich manchmal leer fühlte nach der Rückkehr. Dass seine Schleife zu eng saß. Dass das Lächeln, mit dem er die anderen ansah, nicht ganz echt war.

Nein – er war der Erste.

Der Beste.

Der Klassiker.

Und dennoch…

Im Schrank war es immer noch dunkel. Nur ein schmaler Lichtstreifen fiel durch den Spalt.

Die Kuscheltiere bewegten sich langsam.

Wie immer nach dem Ende des Tagesrituals.

Im Hintergrund blieb es still. Dort, wo das Wispern wohnte.

Aber in ihm rauschte es.

KAPITEL 4: DIE TAGE DANACH

Die Tür öffnete sich.

Und wieder wurde jemand gewählt.

Mal war es Mina.

Sie kam zurück mit glitzernden Augen, sagte aber nichts. Sie setzte sich ganz still neben das Fenster aus Licht, als wollte sie den Moment nicht verlieren.

Einmal summte sie eine Melodie – nur einen Ton.
Dann war es still.

Mal war es Tock.
Er erklärte beim Zurückkommen nüchtern: *„Datenaufzeichnung erfolgreich."*

Doch seine Bewegungen waren eckiger geworden.
Er setzte sich in eine Ecke
und sagte die nächsten zwei Stunden nichts.

Man hörte nur sein Uhrwerk ticken.
Tick.
Tick.
Tick.
Als würde er auf etwas warten,
das niemand benannt hatte.

Einmal war es Lulu.

Sie wirkte verzaubert, aber traurig.

„Sie hat gesungen", flüsterte sie. Und sonst nichts.

Seitdem zeichnete sie mit ihren Fäden Kreise in den Staub,
so lange,
bis ihre Pfoten grau waren.
Sie machte sie nicht sauber.

Rumpel wurde zwei Wochen lang nicht gewählt.
Nicht ein einziges Mal.
Er begann, sich selbst Geschichten zu erzählen. Laut.
„Heute ist mein Tag. Ich kann's spüren."
Aber niemand sah ihn an.
Nicht einmal er selbst, im Spiegel aus der Metallkante des Re-
gals.

Er sprach mit seinem Schatten.
Und lachte manchmal
ohne Grund.

Mina wurde immer seltener gewählt.
Sie lächelte dennoch.
„Ich bin halt zu besonders", sagte sie.
Und in der Nacht, wenn sie dachte, alle schliefen,
glättete sie heimlich ihr Kleid mit den Stoffhänden.
Wieder und wieder.

Dabei summte sie ein Lied,
das nur aus Erinnerungen bestand

Tock begann zu zählen.
„Durchschnittliche Wartezeit: 11,3 Tage."

Doch seine Stimme wurde matter.
Die Batterie seiner Gewissheit schwächer.

Einmal vergaß er den Wochentag.
Das war noch nie passiert.

Lulu weinte einmal – lautlos.
Niemand sprach sie darauf an.

Aber in der Ecke, wo sie schlief,
lagen am nächsten Morgen Fäden,
die nicht mehr zu ihr gehörten.

Und Bodo?
Er wurde am häufigsten gewählt.
Aber jedes Mal, wenn er zurückkam,
wirkte sein Fell ein bisschen stumpfer.
Sein Lächeln ein wenig starrer.

Das Spiel ging weiter.
Immer gleich.
Immer anders.
Immer einsamer.

Und das Wispern in der Ecke war noch da.
Leise.

Wie ein Gedanke, den niemand denken wollte.

Der Spalt war schon immer da.

Ein winziger Lichtschlitz zwischen Tür und Rahmen.
Gerade breit genug, dass ein schmaler Sonnenstrahl hineinfallen konnte –
und manchmal das Leuchten auf Lulus Horn oder Minas Kleid verstärkte.
Ein Hauch von draußen.
Ein Versprechen.

Aber niemand hatte ihm je große Beachtung geschenkt.

Bis er sich veränderte.

Es begann mit der Stille.

Die Tür öffnete sich – aber keine Hand griff hinein.
Das Mädchen stand da.
Ganz nah.
Und sah... vorbei.

Sie griff nach etwas auf dem Tisch.
Etwas Glänzendem, Flachem.
Es machte Geräusche, war hell, vibrierte.
Und dann – ging sie wieder.

Die Tür blieb geschlossen.

Am nächsten Tag: dasselbe.
Und wieder.
Und wieder.

„Sie kommt nicht mehr", sagte Mina. Leise.
„Sie braucht uns nicht mehr."

„Vielleicht ist es nur eine Phase", murmelte Lulu.
Aber sie klang nicht überzeugt.

„Was hat sie denn da in der Hand?" fragte Tock.
„Es ist kein Spielzeug. Oder doch?"

„Sie hat gelacht", sagte Bodo.
„Aber nicht mit uns."

„Nicht wegen dir, meinst du", fauchte Rumpel.

Sie begannen, durch den Spalt zu spähen.
Jeder versuchte, einen besseren Blick zu erhaschen.
Manche standen auf Zehenspitzen, andere rutschten heimlich
vor.

Draußen war das Mädchen.
Aber nicht mehr dasselbe.

Ihre Bewegungen waren anders.
Größer.

Schneller.

Sie tanzte manchmal – allein, mit Stöpseln in den Ohren.

Sie schrieb Dinge auf. Sprach in kleine schwarze Kästchen.

Manchmal saß sie nur da – stumm, das Kinn in den Händen, die Augen leer.

Im Schrank aber… veränderten sich die Stimmen.

Mina saß wie immer in der ersten Reihe, das Kleid glatt, der Blick aufrecht.

„Sie braucht einfach Zeit", sagte sie.

„Wir müssen geduldig sein. Es wird wieder wie früher."

Tock nickte. „Systeme erholen sich. Das ist historisch belegt."

Lulu schwieg. Sie hatte aufgehört, ihr Horn zu polieren. Ihr Blick war leer.

„Vielleicht… ist es einfach vorbei."

In der hinteren Reihe saß ein kleines Stoffkrokodil, das selten sprach.

Es sagte jetzt: „Wenn sie uns nicht mehr braucht – warum sind wir dann noch hier?"

Niemand antwortete.

„Ich sag's euch", bellte Rumpel.

„Wir sollten das Ganze hier umdrehen. Keine Wahl mehr! Kein Warten! Wir bestimmen, wer wichtig ist!"

Er sprang auf, stolperte fast über seine eigenen Füße.

„Wir bauen uns selbst einen Thron! Wir machen uns groß! Wenn sie uns nicht sieht – machen wir eben Lärm!"

Mina verdrehte die Augen.

„Typisch. Alles infrage stellen – aber keinen Plan."

„Plan? Dein Plan ist doch immer nur stillsitzen und schön aussehen!"

Rumpel fauchte.

„Wach auf, Mina! Die Welt draußen hat sich verändert – und wir sitzen hier wie Museumsstücke!"

Ein Rascheln ging durch den Schrank.

Unruhe.

Spannung.

Ein Flimmern, das nicht nur vom Licht kam.

Und irgendwo, ganz hinten, wurde aus dem Wispern ein Rauschen.

Nicht laut.

Aber **tiefer** als zuvor.

Wie ein Echo aus längst vergessener Zeit.

Ein Echo von dem, was war,

bevor alles Spiel geworden war.

Sie war da.

Aber nicht mehr mit ihnen.

Am Anfang hatten sie sich nur umsortiert.

Ein bisschen gerückt.
Ein bisschen Abstand genommen.

Aber jetzt bildeten sich Reihen.
Nicht mehr nach Größe, Farbe oder Flauschigkeit.
Sondern nach Meinung.

Vorn saßen Mina, Tock und ein paar elegante Plüschtiere mit
gestärkten Schleifen.
Sie nannten sich nicht so – aber man wusste, wer gemeint war.
Die Gepflegten. Die Ruhigen. Die Bewahrer der alten Ordnung.

„Stabilität", sagte Tock.
„Nur Geduld", sagte Mina.
„Wir müssen Haltung bewahren."

Sie putzten sich gegenseitig. Hielten Abstand zu den anderen.
Manchmal tauschten sie leise Blicke aus – als wären die anderen schuld an der Veränderung draußen.

In der Mitte hockten die Stillen.
Lulu, ein weiches Schaf, ein alter Affe mit schiefem Auge.

Sie sagten wenig.
Sie sahen viel.

„Was, wenn es nie wieder wird wie früher?" flüsterte Lulu.
„Was, wenn wir nur träumen?"

Niemand antwortete.
Aber in ihren Augen war ein Schmerz, so leise wie das Rauschen im hintersten Winkel.

Ganz hinten ballten sich Rumpel, ein zerrissener Stofflöwe, und ein Dutzend andere, die ihre Flicken wie Abzeichen trugen.

„Sie hat uns aufgegeben!" rief Rumpel.

„Warum sollten wir ihr noch folgen? Sie ist nicht mehr die, die sie mal war!"

„Nicht einmal ein Blick", knurrte der Löwe.

„Vielleicht ist es Zeit, dass wir das Ganze hier umkrempeln. Nicht länger warten – sondern selbst bestimmen, wer zählt."

„Wir könnten etwas Neues schaffen", sagte ein krummer Frosch.

„Etwas, das nicht mehr davon abhängt, ob sie uns beachtet."

Dann kam der Tag, an dem Rumpel vorrückte.

Mit festen Schritten trat er in die erste Reihe,

drängte sich an Mina vorbei,

und stellte sich direkt vor die Schranktür.

Nicht zögerlich.

Nicht fragend.

Sondern als einer, der endlich gesehen werden wollte.

„Heute bin ich dran."

Mina starrte ihn an. „Das ist nicht dein Platz."

„Dann ist es jetzt eben meiner", sagte Rumpel.
„Weil ich nicht mehr warte. Ich fordere."

„Du zerstörst alles", flüsterte Lulu.

„Nein", rief Rumpel. „Ich zerstöre die Lüge!"

Ein Streit entbrannte.
Worte wurden geschleudert.
Fetzen flogen – nicht aus Stoff, sondern aus Stolz.

Die Gruppen schrien, schwiegen, schlossen sich.

Der Schrank war keine Gemeinschaft mehr.
Er war ein Schlachtfeld.

Und während sie sich zerrissen –
hörte niemand das Rauschen,
das sich in jenem Moment
zum ersten Mal wie eine Stimme anfühlte.

Noch nicht verständlich.
Aber ganz nah.

Fetzen flogen – nicht aus Stoff, sondern aus Stolz.

KAPITEL 7: DIE RÜCKKEHR ZUR ORDNUNG

Es war nicht der Frieden, der einkehrte.

Nur eine Art Stillstand.

Ein müder Versuch, die Risse zu übertünchen.

Mina ordnete ihre Schleife neu.

Tock polierte sein Display.

Die Reihen wurden wiederhergestellt.

Vorne saßen die Gepflegten.

Hinten die Wütenden.

Dazwischen – die Schweigenden.

„Wir können nicht weiter so schreien", sagte Mina.

„Das Mädchen wird sonst ganz von uns ablassen."

„Sie hat uns vielleicht noch gar nicht abgeschrieben", sagte Tock.

„Wenn wir uns benehmen, wird sie wieder wählen."

„Also wieder zurück zum Warten?" knurrte Rumpel.

„Zurück zum Glänzen, zum Lächeln, zum Nichts?"

„Du bringst nur Unruhe", fauchte Mina.

„Du schwächst uns, wenn wir zusammenhalten müssten."

Lulu sagte nichts.

Aber sie rückte ein kleines Stück von Rumpel weg.

Nur ein winziges Stück.

Der Stofflöwe, der Tage zuvor noch rebelliert hatte, lag zusammengerollt in der Ecke und schnarchte leise.

„Vielleicht ist Vergessen gar nicht so schlimm", murmelte er.

Und so wurde das Spiel wieder gespielt.

Ein bisschen polierter.

Ein bisschen angespannter.

Niemand sprach über das, was passiert war.

Niemand sprach über den Bruch.

Oder über den Gedanken,

dass vielleicht alles längst vorbei war.

Die alte Ordnung war wiederhergestellt.

Aber es war ein Schatten seiner selbst.

Die Bewegungen liefen weiter – mechanisch, leer.

Die Hoffnung war blass geworden.

Die Freude nur noch Gewohnheit.

Doch unter der Oberfläche zitterte alles.

Und in der hintersten Ecke wurde das Rauschen lauter.

Nicht mehr nur ein Geräusch.

Nicht mehr nur ein Echo.

Etwas formte sich darin.
Etwas, das nicht mehr schweigen wollte.

KAPITEL 8: DER MOMENT DER AL-LES BRICHT

Die Tage wurden stiller.

Die Gespräche flacher.

Selbst Rumpel hatte das Rufen aufgegeben.

Er lag in der zweiten Reihe, die Augen halb geschlossen, und
murmelte nur noch selten von Revolten, die nie stattfanden.

Mina putzte sich weiter.

Tock rechnete – aber leiser.

Der Schrank war wie eingefroren.

Nur das Licht kam noch.

Durch den Spalt.

Stiller als zuvor.

Weniger wie Hoffnung.

Mehr wie Erinnerung.

Dann kam der Tag.

Es war früh am Morgen.

Noch bevor jemand sich richtig aufgerichtet hatte,
ging die Tür auf.

Ohne Vorwarnung.

Ohne das übliche Klicken.

Ein lautes, weites Öffnen.

Das Mädchen stand da.
Nicht mehr klein.
Nicht mehr zart.

Ihre Augen glitten über die Reihen.
Kurz blieben sie auf Bodo liegen.
Auf Mina.
Auf Rumpel.

Dann griff sie zu.

Langsam.
Zielgerichtet.
Zärtlich.

Sie nahm Lulu in die Hand.
Das Einhorn zuckte.
Ein Zittern ging durch ihr weißes Fell.

Sie hielt es in der Hand.
Schaute es an.

Dann – legte sie es wieder zurück.

Kein Ton.
Kein Ausdruck.

Sie schloss die Tür.

Und ging.

Lulu zitterte.
Nicht wegen der Kälte.
Nicht wegen der Berührung.
Sondern wegen der Leere.

Niemand sprach.
Niemand wusste, was zu sagen war.

Dann kam die Stimme.

Nicht laut.
Nicht neu.
Aber zum ersten Mal verstanden.

„Ich weiß, wie sich das anfühlt."

Alle Köpfe drehten sich.
Alle Stoffaugen weiteten sich.

Es kam aus der Tiefe.
Aus der Ecke, die sie immer gemieden hatten.
Hinter den Tüchern.
Aus dem Staub.

Aus dem Rauschen wurde eine Stimme.

KAPITEL 9: DIE ERSTE STIMME

„Ich weiß, wie sich das anfühlt."

Die Worte hingen in der Luft wie Staub im Licht.
Still.
Schwer.
Unleugbar.

Keiner sagte etwas.
Nicht einmal Rumpel.
Selbst Tocks Display war dunkel.

Nur Lulu saß da, zusammengerollt, das Horn schief geneigt,
und flüsterte:
„Wer... war das?"

Ein Rascheln.
Ein Flüstern wie Wind durch vergessene Ecken.

Langsam drehten sich alle zur hintersten Ecke des Schranks.
Dort, wo niemand mehr hinsah.
Dort, wo Tücher lagen, alte Laken, vergessene Spielsachen.
Dort, wo das Rauschen gewohnt hatte.

Etwas bewegte sich.
Etwas Altes.

Etwas, das niemals weg war – aber lange überhört.

Ein Schatten richtete sich auf.
Langsam.
Verstaubt.
Verbeult.

Ein kleiner, hellblauer Hase mit schiefem Ohr und einer aufgerissenen Naht an der Seite.

Seine Augen – aus verblasstem Glas – blickten nicht klagend.
Nicht anklagend.
Nur… wissend.

„Ich war der Erste."

Seine Stimme war rau, aber warm.
Ein bisschen brüchig, wie ein Lied, das man lange nicht gesungen hat.

„Ich war bei ihr, als sie noch nicht laufen konnte.
Als ihre Welt aus Milch und Decken bestand.
Ich war der, den sie gehalten hat,
wenn sie nachts geschrien hat und niemand kam."

„Ich war… ihr Alles.
Für ein paar Monate.
Dann wurde ich zu viel.
Zu klein.
Zu babyhaft.

Ich habe es nicht kommen sehen.
Aber ich habe es gespürt."

Die Kuscheltiere schwiegen.

Bodo hatte sich nicht bewegt.
Mina starrte nur.
Tock blinzelte irritiert.
Lulu weinte leise.

„Am Anfang habe ich gerufen", fuhr der Hase fort.
„Ich habe gehofft.
Ich habe geschwiegen.
Ich habe das Spiel beobachtet,
wie ihr euch gegenseitig überboten habt,
um das zu bekommen,
was ich einst hatte."

„Und ich habe gelernt:
Das, was ihr sucht – ist nur der Schatten von etwas, das man
nicht erkämpfen kann.
Nur erleben.
Und dann... bewahren."

Ein leiser Laut kam von Rumpel.
Vielleicht ein Schluchzer.
Vielleicht ein unterdrückter Fluch.

„Ich bin Olli", sagte der Hase.
„Und ich habe eine Geschichte.

Wie jeder von euch."

„Die Frage ist:
Habt ihr den Mut, sie zu erzählen?
Und zuzuhören, wenn andere sprechen?"

Niemand antwortete.

Aber niemand wandte sich ab.

Zum ersten Mal seit langer Zeit hörten sie wirklich hin.

„Das, was ihr sucht – ist nur der Schatten von etwas,
das man nicht erkämpfen kann."

KAPITEL 10: DIE GESCHICHTEN ERWACHEN

Nach Ollis Worten war es lange still.

Nicht das unangenehme Schweigen nach einem Streit.
Nicht das angespannte Schweigen vor einer Entscheidung.
Sondern ein anderes Schweigen.
Eines, das hörte.

Olli hatte sich zurückgelehnt, sein schiefes Ohr fiel ihm ins
Gesicht.
Er sagte nichts mehr.
Er musste nicht.

Etwas hatte sich verändert.

Bodo sah zu Boden.
Sein Blick wanderte zwischen seinen Pfoten.
Dann hob er den Kopf.

„Ich erinnere mich…", sagte er zögernd.
„…an einen Morgen. Es war Winter.
Draußen war alles weiß. Sie hat mich mitgenommen…
nach draußen. In den Schnee.
Ich bin nass geworden. Ganz durchnässt.
Ich dachte, ich würde nie wieder trocken."

Ein schwaches Lächeln huschte über sein Gesicht.

„Aber sie hat mich am Kamin festgehalten. Ganz fest.
Ihre Hände waren kalt, aber sie hat gezittert.
Und ich war… warm."

Niemand sprach.
Aber etwas im Schrank wurde weicher.

„Sie hat mir ein Lied gesungen", sagte Lulu plötzlich.
Alle sahen sie an.

„Ich wusste nicht, was die Worte bedeuteten.
Aber ich weiß noch, wie es sich angefühlt hat.
Wie eine Decke, die sich nicht auf den Körper legt – sondern
aufs Herz."

Ihre Stimme zitterte, aber sie sprach weiter.

„Ich glaube, sie hat geweint dabei.
Ganz leise.
Ich hab's nicht verstanden.
Aber ich war da. Und das war genug."

„Ich… hab sie einmal beschützt", sagte Rumpel,
und seine Stimme war leiser, als man es von ihm kannte.
„Ein anderes Kind wollte mich ihr wegnehmen.
Sie hat mich festgehalten. So fest,
dass fast meine Naht geplatzt ist."

Er lachte trocken.

„Danach hat sie mich in den Schrank gesteckt – ich war zerrissen.

Aber in dem Moment… war ich der wichtigste Drache der Welt."

Tock sagte lange nichts.

Dann, ganz sachlich:

„Sie hat mir einmal einen Aufkleber aufgeklebt.

Ein kleines Herz.

Ich dachte, es sei nur Deko.

Aber sie sagte:

‚Jetzt hast du ein Herz, Tock. Damit du weißt, wann jemand traurig ist.'"

Er sah auf sein leeres Display.

„Ich wusste nicht, dass ich das gebraucht habe.

Bis sie es sagte."

Mina blickte in die Runde.

Alle Augen lagen auf ihr.

Sie strich über ihr Kleid.

Langsam.

Zögerlich.

„Ich wollte immer nur, dass sie mich schön findet.

Ich habe alles gegeben.
Aber einmal... kam sie nachts. Ganz leise.
Sie war traurig, glaub ich.
Hat mich einfach genommen, ohne Licht.
Und mich festgehalten.
Nicht wie ein Schmuckstück.
Sondern wie einen Menschen."

Eine Träne kullerte ihre Wange herunter.
Ein winziger Tropfen aus Nichts als Gefühl.

Dann wurde es ganz still.

Und Rumpel sprach:

„Ich erinnere mich auch.
Aber ich erinnere mich an das andere.
An das Werfen.
An das Schreien.
An das Vergessen."

Und die anderen hörten ihn.
Nicht als Störung.
Sondern als Wahrheit.

„Ich hab mich gebraucht gefühlt.
Aber nie geliebt."

„Vielleicht... ist das der Anfang", sagte er.

„Nicht von einem Spiel.

Sondern von etwas Echtem."

Und zum ersten Mal seit langer Zeit nickte Mina.

Zögernd.

Aber ehrlich.

KAPITEL 11: DER NEUE KREIS

Am nächsten Morgen geschah etwas Seltsames.

Niemand rückte nach vorn.
Niemand polierte Schleifen.
Niemand zählte Wahrscheinlichkeiten.

Tock war der Erste, der sich bewegte – aber nicht zur Tür, sondern zur Mitte.
Er drehte sich um.
„Ich möchte... zuhören", sagte er.
„Ich will verstehen, was mich von euch trennt. Und was uns verbindet."

Dann kam Lulu dazu.
Sie setzte sich leise neben ihn.
Ihr Horn glänzte schwach im Licht des Spalts.

Rumpel kam auch.
Nicht sofort. Nicht schnell.
Aber er kam.

Bodo zögerte.
Er stand lange an seinem Platz in der ersten Reihe,
den Blick auf den Türspalt gerichtet.
Dann drehte er sich um

und setzte sich mit einem hörbaren Seufzer in die Mitte.

Mina blieb am Rand.
Aber sie rückte näher.
Zentimeter für Zentimeter.

Olli beobachtete alles mit stiller Zufriedenheit.
Er sagte nichts.
Aber in seinen Augen lag ein Leuchten, das man nur von sehr
alten Kuscheltieren kennt.

Sie saßen nun im Kreis.
Ungeordnet.
Unterschiedlich.
Aber zusammen.

Und zum ersten Mal seit sehr langer Zeit
war der Schrank still – ohne leer zu sein.

Es war eine andere Stille.
Eine, die wartete.
Nicht auf die Hand des Mädchens.
Sondern auf einander.

„Vielleicht erzählen wir weiter", schlug Lulu leise vor.
„Aber diesmal... nicht nur von uns.
Sondern von ihr.
Von dem, was sie uns gegeben hat –
und von dem, was wir ihr waren."

„Und was wir uns jetzt sind", sagte Rumpel.

„Weil wir es nie gesehen haben.

Und trotzdem nie allein waren."

Sie nickten.

Dann begannen sie zu erzählen.

Nicht, um zu glänzen.

Nicht, um zu überbieten.

Sondern,

weil jeder Moment, jede Erinnerung, jede Wunde

nun Teil eines neuen Ganzen wurde.

Der Schrank war nicht mehr Bühne.

Nicht mehr Schachtel.

Nicht mehr Auswahlregal.

Er war

ein Kreis.

Ein Ort der Stimmen.

Der Geschichten.

Des Gemeinsamen.

Ein Ort, an dem sie zum ersten Mal

nicht darauf warteten, ausgewählt zu werden –

sondern einander wählten.

Die Geschichten hörten nicht auf.

Sie wurden tiefer.
Zarter.
Wahrhaftiger.

Ein Tag verging.
Vielleicht zwei.
Niemand zählte mehr.
Nicht Tock. Nicht Bodo.

Es ging nicht mehr ums Zählen.
Es ging ums Verstehen.

„Ich habe gelernt," sagte Lulu,
„dass ich nicht schwach bin,
weil ich still bin.
Sondern, dass meine Stille Platz braucht."

„Und ich habe gelernt," sagte Rumpel,
„dass Wut auch aus Sehnsucht kommt.
Nicht gesehen zu werden
ist schlimmer als falsch gesehen zu werden."

Mina blickte in den Kreis.

„Ich dachte immer,
ich muss schön sein,
um geliebt zu werden.
Aber das stimmt nicht.
Ich war am schönsten,
als sie nachts weinte –
und ich einfach nur da war."

Tock sagte:

„Ich dachte, ich sei nützlich.
Aber sie hat mir ein Herz aufgeklebt,
weil sie wollte, dass ich fühle.
Jetzt weiß ich:
Ich muss nicht perfekt rechnen.
Ich muss zuhören."

Bodo schloss die Augen.

„Ich war so stolz, gewählt zu werden.
So sicher, dass das etwas bedeutet.
Aber es war nie das Erwähltwerden.
Es war der Moment,
in dem sie mich ans Herz gedrückt hat
und wir beide nichts gesagt haben."

Dann sprach Olli.

„Jede Geschichte war anders.

Manche waren hell.
Manche waren dunkel.
Aber alle waren wahr.

Und ich glaube –
wenn wir weitergehen wollen,
müssen wir etwas festhalten.

Nicht Regeln.
Nicht Ränge.
Sondern Prinzipien."

Ein Nicken ging durch den Kreis.

Sie begannen, Worte zu sammeln.
Keine großen Begriffe –
nur das, was sie selbst gefühlt hatten.

- Würde
- Verantwortung
- Gerechtigkeit
- Zuhören
- Vielfalt
- Erinnerung

Sie hängten sie nicht an die Wand.
Aber sie lebten sie –
in dem, wie sie einander ansahen,
wie sie Platz machten im Kreis,
wie sie einander Raum gaben,

wie sie sich nicht mehr verloren.

Der Schrank war nicht mehr ein Ort des Wartens.
Er war ein Ort des Wachsens.

Nicht hoch.
Sondern tief.

Nicht Regeln.
Nicht Ränge.
Sondern Prinzipien.

Es war kein Plan.

Keine Abstimmung im klassischen Sinn.

Aber es war eine Entscheidung.

Sie hatten erzählt.

Zugehört.

Geweint.

Gelächelt.

Und nun wussten sie:

So, wie es war, soll es nicht mehr sein.

Sie bildeten einen Kreis.

Nicht zum Schutz –

sondern zum Sprechen.

Nicht zum Warten –

sondern zum Gestalten.

„Wir brauchen eine neue Ordnung", sagte Tock.

„Aber keine, die auf Reihen basiert."

„Eine, die wir gemeinsam tragen können", sagte Lulu.

„Und in der jeder Platz hat", ergänzte Mina,

„auch wenn er gerade nichts zu sagen hat."

„Vor allem dann", sagte Olli.

Sie sahen sich an.
Alle.
Ehrlich.
Unvoreingenommen.
Und zum ersten Mal: gleich.

Sie einigten sich.
Nicht durch Abstimmung.
Nicht durch Mehrheit.
Sondern durch Verständigung.

Sie bestimmten:
- Jeder hat das Recht, zu erzählen.
- Jeder hat das Recht, zu schweigen.
- Jeder trägt Verantwortung – nicht für alles, aber für einander.

Sie gaben sich keine Titel.
Keine Rollen.
Nur Aufgaben, wenn sie gebraucht wurden.

Sie wählten keinen Anführer.
Denn das Band zwischen ihnen war Führung genug.

Sie richteten den Schrank neu ein – nicht geordnet nach Wichtigkeit, sondern nach Bedürfnis.

Ein Platz für die Ruhigen.
Ein Platz für die Lauten.
Ein Platz für Nähe.
Ein Platz für Alleinsein.
Ein Platz für Erinnerung.
Und einer für das,
was noch kommen könnte.

Sie hängten ihre Prinzipien nicht an die Wand.
Aber sie lebten sie –
in jedem Handgriff,
in jedem geteilten Stück Stoff,
in jedem Moment des Zuhörens.

Und so wuchs etwas,
das keiner von ihnen vorher kannte:
Ein Ort der Selbstverständlichkeit.

Keine Pflicht.
Kein Zwang.
Kein Warten mehr auf Anerkennung.

Nur das Wissen, dass sie gemeinsam mehr waren,
als jeder Einzelne von ihnen je hätte sein können.

Ein stilles Leuchten ging durch den Schrank.
Nicht von außen. Nicht vom Licht.
Sondern von innen.
Von ihnen selbst.

KAPITEL 14: DER NEUE

Es war spät.

Keiner sprach.
Aber keiner schlief.

Sie lagen ruhig in ihren neuen Plätzen.
Nicht starr.
Nicht aufgestellt.
Einfach – angekommen.

Dann raschelte es.
Nicht laut.
Nicht unfreundlich.
Aber neu.

Tock war der Erste, der es hörte.
Er hob den Kopf.

„Da ist... jemand", sagte er.

„Was meinst du?" murmelte Lulu verschlafen.

„Da – bei den alten Bauklötzen."

Sie sahen hin.
Und da war er.

Ein kleines Kuscheltier.

Ganz anders.

Aus weichem, glänzendem Stoff.

Mit langen Armen und einem Gesicht, das keiner einordnen konnte.

Keiner wusste, woher es kam.

Keiner hatte gesehen, wie es hineingekommen war.

Es war einfach da.

Wie ein neuer Gedanke.

„Wer bist du?" fragte Rumpel vorsichtig.

Das Wesen antwortete nicht sofort.

Dann flüsterte es:

„Ich bin nur ich.

Und ich weiß nicht, ob ich hier sein darf."

Stille.

Bodo trat einen Schritt vor.

„Früher hätten wir gesagt:

‚Du gehörst nicht zu unserer Geschichte.'"

„Früher hätten wir gefragt:

‚Wer hat dich gebracht? Warum?'"

sagte Mina.

„Aber jetzt...", sagte Lulu,
„...fragen wir:
Was ist deine Geschichte?"

Das Wesen sah sie an.
Und zum ersten Mal:
nicht mit Angst.
Sondern mit Hoffnung.

„Ich weiß noch nicht, ob ich eine habe", sagte es.

„Dann helfen wir dir, sie zu finden", sagte Olli.
„So, wie wir unsere gefunden haben."

Ein Platz wurde gemacht.
Kein Platz, den jemand aufgab.
Sondern ein Platz, der sich öffnete.

Nicht aus Pflicht.
Sondern aus Überzeugung.

Die Tage wurden langsamer.

Nicht stiller – aber tiefer.
Es war kein Fest, kein Rausch, kein Wunder.
Es war einfach… echt.

Der Schrank hatte sich verändert.
Nicht, weil etwas Neues kam –
sondern weil sie sich verändert hatten.

Sie sprachen miteinander.
Nicht dauernd. Nicht gezwungen.
Aber wenn jemand erzählte,
hörten die anderen zu.

Es gab keine Ränge mehr.
Nur Rollen – und die wechselten.
Mal war Rumpel der Mutige.
Mal Lulu die Starke.
Mal war Mina einfach still.
Und das war in Ordnung.

Der Neue –
sie nannten ihn bald Tami,
weil keiner wusste, ob er ein Teddybär war oder etwas ganz

anderes –
hatte seinen Platz gefunden.
Nicht zugewiesen,
sondern angeboten.
Nicht am Rand,
sondern mittendrin.

Er sprach nicht viel.
Aber manchmal hörte man ihn nachts flüstern:
„Ich glaube, ich erinnere mich an ein Lied…"
Und dann summte Lulu leise mit,
als hätte sie es schon immer gekannt.

Tock hatte aufgehört, alles zu zählen.
Er notierte jetzt Geschichten – in seinem Speicher.
Nicht für eine Bilanz.
Sondern für den Fall,
dass jemand vergessen würde.

Olli saß oft einfach da.
Und sah ihnen zu.
Er war nicht mehr der Älteste.
Nicht mehr der Erste.
Aber er war da.

Bodo bastelte neue Sitzkissen aus alten Kartons.
Mina half ihm dabei –
nicht, weil es ihr Kleid schonte,
sondern weil es sich gut anfühlte,
für etwas gebraucht zu werden,

das größer war als sie selbst.

Und so war es kein Kreis aus Stoff.
Kein Raum aus Regeln.
Sondern ein Ort,
der sich immer wieder neu formte.
Nach dem, was gebraucht wurde.
Nach dem, was fehlte.
Nach dem, was gewachsen war.

Keiner wartete mehr auf die Tür.
Nicht, weil sie sich nie mehr öffnete.
Sondern, weil sie wussten:
Sie hatten ihr Eigenes gefunden.

Einen Kreis.
Ein Wir.
Ein Zuhause.

Und dieser Kreis blieb offen.

Für jeden, der zuhören wollte.
Und für alle, die noch ihre Geschichte suchten.

KAPITEL 16: ERINNERUNG IST, WAS BLEIBT

Manchmal war es nachts ganz dunkel im Schrank.

Kein Licht fiel durch den Spalt.
Keine Geräusche kamen von draußen.
Nur Stille.
Tief und weich wie ein Kissen,
auf dem die Gedanken zur Ruhe kommen.

In solchen Nächten lagen sie ganz nah beieinander.
Nicht, weil sie mussten.
Sondern, weil es sich richtig anfühlte.

Niemand erzählte.
Niemand fragte.

Aber alle wussten,
dass sie sich erinnern.

An das Mädchen.
An ihre Stimmen.
An die Berührungen, das Lachen, die Stille.
An das, was war.
Und an das, was sie geworden waren.

Sie waren nicht mehr Spielzeug.

Nicht mehr Dinge.

Nicht mehr Kandidaten in einem ewigen Wettbewerb um
Aufmerksamkeit.

Sie waren

Erzähler.

Zuhörer.

Hüter.

Freunde.

Und manchmal,

wenn einer leise atmete –

ja, man konnte es fast hören,

das Atmen eines Stofftiers,

das begriffen hatte,

dass es auch dann noch Bedeutung hat,

wenn es niemand mehr wählt –

dann wurde der Schrank für einen Moment ganz weit.

Wie ein Raum ohne Wände.

Wie ein Herz ohne Angst.

Wie eine Geschichte ohne Ende.

Und wenn niemand mehr von ihnen spricht,

wenn sie vielleicht irgendwann verblassen –

in staubigen Ecken,

unter neuen Dingen,

zwischen alten Erinnerungen –

dann wird trotzdem etwas bleiben.

Denn was einmal geteilt wurde,
verliert nie seine Kraft.

Und vielleicht,
irgendwann,
öffnet sich wieder eine Tür.

Nicht die alte.
Nicht dieselbe.

Aber eine andere.

Und irgendwo,
in irgendeinem anderen Kreis,
wird jemand erzählen:

„Ich war nicht der Erste.
Ich war nicht der Schönste.
Ich war nicht der Wichtigste.
Aber ich war da.
Und ich habe gehört.
Und ich wurde gehört."

Und das reicht.

Immer.

NACHWORT – WENN EINE GE-SCHICHTE, MEHR WIRD ALS EIN SPIEL

Vielleicht war das nur eine Geschichte über Kuscheltiere.

Ein Schrank. Ein Mädchen. Ein Spiel.

Vielleicht hast du geschmunzelt, vielleicht geseufzt. Vielleicht hast du dich erinnert.

Aber vielleicht war es auch mehr.

Ein leiser Spiegel unserer Zeit.

Denn auch wir stehen oft nebeneinander wie sie – still, bemüht, ungehört.

Auch wir warten manchmal darauf, gesehen zu werden.

Glauben, dass Anerkennung uns Bedeutung gibt.

Und merken spät, dass es das Miteinander ist, das trägt.

In einer Welt, in der jede Stimme für sich spricht,

verlernen wir, zuzuhören.

In einer Zeit, in der Zugehörigkeit an Bedingungen geknüpft ist,

verlieren wir das Gefühl für Verbundenheit.

Und doch gibt es sie noch – die Räume, in denen niemand gewinnen muss,

weil alle gehört werden.

Die Kreise, in denen Erinnerung nicht trennt, sondern verbindet.

Vielleicht war dieser Schrank ein solcher Ort.

Vielleicht wird er es für andere.

Denn was die Stofftiere erlebt haben, ist kein Kinderspiel.

Es ist eine Ahnung davon, was möglich wird, wenn man einander zuhört – nicht, um zu antworten, sondern um gemeinsam zu erinnern, wer wir sein könnten.

Ein neues „Wir".

Nicht perfekt. Nicht gleich. Nicht laut.

Aber ehrlich.

Wenn dich dieser Gedanke berührt hat,

dann nimm ihn mit.

Er braucht keine Bühne.

Nur ein Herz, das offen bleibt.

ANHANG 1 – DIE IDEE HINTER DEM KREIS

Wer will, darf es bei der Geschichte belassen.

Wer mehr wissen will, darf weiterlesen.

Denn diese Geschichte kam nicht aus dem Nichts.
Sie kam aus Gedanken – aus einer Nacht voller Fragen, voller Sehnsucht, voller Mut.

Was folgt, ist ein Essay. Eine Idee. Vielleicht ein Beginn.

In einer Zeit, in der immer mehr voneinander trennt, in der Identität oft Abgrenzung bedeutet und das „Ich" wichtiger scheint als das „Wir", ist es an der Zeit, neue Fragen zu stellen.

Warum zerfallen unsere Gesellschaften trotz aller Freiheit?
Warum fühlen sich so viele Menschen einsam, obwohl sie ständig verbunden sind?

Wir glauben, es liegt an etwas Grundsätzlichem:
Der Verlust des Gemeinsamen.

Wir erleben heute überall das Gleiche – in Ländern, Gruppen, Bewegungen:

Jeder kämpft um Sichtbarkeit, Zugehörigkeit, Bedeutung.
Doch oft geschieht das, indem man sich **gegen** etwas oder jemanden abgrenzt.

Das Bedürfnis, gesehen zu werden, wird dabei zur Waffe.
Das Gemeinsame – zur Randnotiz.

Dabei ist der Mensch ein soziales Wesen.
Er braucht Bindung. Verbindung. Resonanz.
Nicht nur Zustimmung – sondern echtes Gesehenwerden.

Und genau darum geht es in dieser Geschichte:
Nicht um Kuscheltiere. Nicht um Kindheit.

Sondern um uns.

Denn die Tiere im Schrank zeigen, was wir alle erleben:
- Das Streben nach Aufmerksamkeit.
- Die Enttäuschung über das Übersehen werden.
- Den Schmerz des Vergleichs.
- Die Gefahr der Spaltung.
- Und die Kraft, die aus echter Begegnung erwächst.

Wir nennen diesen Gedanken die **Nacht der Ideen**.
Ein Moment, in dem wir alles infrage stellen – nicht um zu zerstören, sondern um **neu zu verbinden**.
Ein Raum, in dem nicht das Lauteste gewinnt, sondern das Zuhören.
Ein Kreis, in dem Verschiedenheit nicht trennt, sondern trägt.

Wenn wir als Menschheit überleben wollen – in Würde, in Frieden, im Miteinander –,
dann brauchen wir nicht nur Technik, Fortschritt und Wachstum.

Wir brauchen etwas, das uns **wirklich** verbindet.

Ein neues Wir.

Vielleicht beginnt es in einem Schrank.

Vielleicht beginnt es mit dir.

ANHANG 2 – DIE NACHT DER IDEEN

(Eine poetische Meditation über Verbundenheit in Zeiten der Zerstreuung)

Es beginnt in der Stille.

Nicht mit einem Ruf, nicht mit einem Licht.
Sondern mit der Ahnung,
dass etwas fehlt, das einst selbstverständlich war.

Ein Blick.
Ein Wir.
Ein gemeinsames Atmen.

Wir haben uns verfeinert.
Zerlegt in Farben, Stimmen, Formen,
in Wunden und Widersprüche.
Jeder ein Fragment – glänzend, scharf, stolz.
Doch wer fügt uns zusammen?

Wir reden von Freiheit –
und sperren uns ein in Spiegelräume.
Wir reden von Vielfalt –
und ziehen Mauern zwischen unseren Welten.

Wir reden von Identität –
und vergessen das Echo, das in anderen wohnt.

Aber dann kommt sie:
Die Nacht der Ideen.
Leise. Unaufdringlich.
Wie Tau auf den Schultern derer,
die sich erinnern wollen.

Sie fragt nicht: Woher kommst du?
Sie fragt: Wohin könnten wir gemeinsam gehen?

Sie kennt kein Land.
Keine Flagge.
Kein Richtig oder Falsch.

Sie kennt nur die Sehnsucht:
dass das Menschsein größer sein muss
als all das, was wir daraus gemacht haben.

In dieser Nacht erlöschen die Leuchtreklamen.
Und andere Lichter gehen an:
Laternen aus Geschichten,
aus Träumen,
aus der unausgesprochenen Hoffnung,
dass wir mehr sein können
als Rollen, Lager, Stimmen, Lagerfeuer der Eitelkeit.

Wir setzen uns.
Reden.
Zuhören.

Nicht, um zu gewinnen,
sondern um zu verstehen.

Und plötzlich geschieht es:
Nicht das Gleiche verbindet uns –
sondern das Gemeinsame im Verschiedenen.

Ein altes Lied,
auf neuen Lippen.
Ein leiser Schwur,
nicht auf ein Land,
sondern auf das Leben.

Dies ist die Nacht,
in der nicht die Angst entscheidet,
sondern das Vertrauen.
Nicht die Schuld,
sondern der Mut.
Nicht die Vergangenheit,
sondern der Anfang.

Die Nacht der Ideen ist keine Antwort.
Sie ist die Frage,
die uns wieder Mensch sein lässt.